AF332192

MEMOIRE

POUR les Religieux de la Charité de Paris.

CONTRE *Messire Pierre-François le Bacle, Marquis des Moulins ; & Me. Edme Guyot, Avocat en la Cour.*

E Sieur de Villiers a fait un legs universel destiné à l'établissement d'un Hôpital. Ce legs suffit à peine pour remplir la fondation, ouvrage de la piété du Testateur. De soixante personnes qui reclament la succession du Sr. de Villiers, & qui se contestent reciproquement la qualité d'heritiers, trois plus téméraires attaquent cette disposition à laquelle tous les autres acquiescent ; les moyens que ces trois prétendus heritiers proposent sont, d'un côté l'incapacité des Religieux de la Charité de profiter d'une disposition universelle ; d'un autre côté la suggestion & la captation à laquelle ils attribuent cette disposition ; & enfin la nullité du testament dans la forme. Avant de combattre ces trois moyens, il faut exposer les circonstances du fait, & rendre compte de la disposition qui est attaquée.

F A I T.

Le Sieur de Villiers, Testateur, étoit d'une famille noble originaire de Brabant, & établie depuis long-tems en Champagne.

Le Sieur de Villiers avoit pris le parti des armes de même que ses Ancêtres. Après avoir servi avec distinction il se retira dans sa Terre de Villiers. Là il continua de vivre dans le célibat auquel il s'étoit voüé. Ceux qui ont connu le Sieur de Villiers sçavent que c'étoit un homme d'un esprit ferme, & qu'il étoit absolu dans ses volontez.

Le Sieur de Villiers n'avoit pas quatre-vingt ans lorsqu'il a fait son testament. C'est une exageration de la part de ceux qui attaquent son

A

teſtament. Le Sieur de Villiers avoit à peine ſoixante-dix ans, & il joüiſſoit de toute ſa raiſon.

Il n'eſt pas vrai non plus que le Sieur de Villiers fût ſi accablé de la maladie, lors de ſon teſtament, qu'il pût à peine parler.

Le Sieur de Villiers étant tombé malade le 22 Mars 1736, le 2 Avril Lundy de Pâques, il reçut ſes Sacremens plutôt par une ſage précaution & à cauſe de la ſolemnité du tems, que par néceſſité. Le 5 Avril 1736 le Sieur de Villiers ſouhaita de faire ſon teſtament. Il donna ordre qu'on allât chercher ſon Notaire; en attendant il regla quelques affaires domeſtiques.

Ce fut ſur les dix à onze heures du matin que le Sieur de Villiers fit ſon teſtament. Le Château de Villiers étoit alors rempli de toute la Nobleſſe des environs qui s'intereſſoit à la ſanté du Sieur de Villiers.

Le Notaire étant arrivé, on fit retirer tout le monde de la chambre du Malade, ſans en excepter les Curez d'Auxon & d'Ervy.

Le Notaire déclare dans deux endroits du teſtament qu'il lui a été dicté par le Teſtateur, qui a mis le ſceau à cette déclaration par ſa ſignature. On examinera dans la ſuite ſi une déclaration de cette eſpecé, faite par un Officier public en fonction, d'un fait qui lui eſt perſonnel, fait encore aſſuré par la ſignature du Teſtateur, peut être détruite, parce qu'on eſt aſſez téméraire pour haſarder le fait contraire.

Le teſtament du Sieur de Villiers contient trois ſortes de diſpoſitions. Sçavoir des diſpoſitions particulieres en faveur de ſes domeſtiques & de l'Egliſe d'Auxon; le legs univerſel dont il s'agit; & une diſpoſition de deux mille Meſſes, qu'on ne confond point avec les autres diſpoſitions du teſtament, parce qu'on prétend qu'elle fournit un moyen particulier contre le teſtament, en ce qu'elle eſt ajoutée à la fin du teſtament après la mention de ſa lecture, & avant la datte & la ſignature du Teſtateur, du Notaire, & des Témoins inſtrumentaires.

Il faut ſe fixer quant à preſent au legs univerſel qui eſt attaqué, conſiderer les biens qu'il renferme, & les charges qui l'accompagnent.

La Seigneurie de Villiers produit au plus 3000 liv. de rente. Il y a un Château ancien, & un Château moderne. Les Paroiſſes d'Auxon & d'Ervy dépendent de cette Terre. La Paroiſſe d'Auxon eſt compoſée du Village d'Auxon & de ſeize Hameaux; la Paroiſſe d'Ervy a trois Hameaux qui en dépendent, le Meſnil-Saint-George, la Mallevoye, & les Hauts-Chaillots. Cette Terre eſt ſituée dans les Coutumes de Sens & de Troyes: la derniere permet de diſpoſer de ſes meubles, acquêts, & du tiers de ſes propres; la Coutume de Sens ne permet que de diſpoſer du quint de ſes propres, de même que la Coutume de Paris.

Il y a dans la ſeule Paroiſſe d'Auxon quinze à ſeize cens Communians, ſans compter les Habitans de la Paroiſſe d'Ervy. Ces Habitans fort indigens ſont dépourvus de tout ſecours en cas de maladie, étant éloignez de ſix lieuës de la Ville de Troyes, & de quatre de celle de S. Florentin où il y a des Hôpitaux.

Le Sieur de Villiers inſtruit des beſoins de ſes Vaſſaux, lui qui pendant les dernieres années de ſa vie depuis qu'il s'étoit retiré dans ſa Terre, s'étoit tout occupé du ſoulagement des Pauvres, crut devoir conſacrer à Dieu ſon Château, en y fondant un Hôpital.

Le Sieur de Villiers n'avoit jamais connu les Freres de la Charité que par la renommée. Il les choisit pour la direction de son Hôpital, & comme il vouloit que les femmes eussent part aux secours qu'il assuroit aux Pauvres, il ordonna que des Sœurs grises fussent établies pour en prendre soin dans leur maladie. Qui croiroit qu'une précaution aussi sage, inspirée par la décence & la modestie mêmes, eût donné matiere à des réflexions malignes, par l'assortiment bizarre de Sœurs grises & de Freres de la Charité, comme s'il n'y avoit pas plusieurs Hôpitaux de l'Ordre des Religieux de la Charité, & entr'autres celui de Gayette en Bourbonnois, qui sont destinez pour les Pauvres Malades hommes ou femmes, & alors la regle est de destiner aux femmes une maison particuliere & isolée, & de faire un traité avec la Superieure des Sœurs grises pour le service des Pauvres dans cet Hôpital. Cette regle sera observée par rapport à l'Hôpital de Villiers, & les lieux y sont disposez par eux-mêmes, puisqu'il y a deux Châteaux, le neuf & le vieux, qui sont éloignez l'un de l'autre d'un quart de lieuë.

Le Testateur ne fixe le nombre des lits dans son Hôpital que par les besoins des Pauvres, & par les revenus des biens qu'il destine à ce pieux établissement.

Le Testateur charge aussi le legs universel de l'établissement d'un Maître d'Ecole dans la Paroisse d'Auxon, pour y apprendre à lire & écrire aux enfans, & pour les former dans les principes de la Religion ; il ordonne de fournir à ce Maître d'Ecole un logement à Auxon.

S'il arrive que les lits que les biens du legs universel permettront d'entretenir dans cet Hôpital ne soient pas toujours remplis, le Testateur veut, en ce cas, que les épargnes qui pourront être faites, soient employées à faire apprendre des Métiers à de pauvres enfans de la Paroisse d'Auxon, & des Hameaux du Mesnil-Saint-Georges, la Mallevoye, & les Hauts-Chaillots, qui seront presentez par les Curez de ces Paroisses.

Le Testateur veut aussi qu'il y ait un Religieux Prêtre à la tête de son Hôpital, destiné à célébrer la Messe à perpétuité pour le Testateur, ses pere & mere, & parens.

Pour remplir les intentions du Testateur, il faudra au moins dans cet Hôpital trois Religieux pour servir les Malades, outre le Religieux Prêtre, & les domestiques.

Enfin quelle dépense ne faudra-t-il pas faire pour disposer les lieux à recevoir un Hôpital d'hommes & de femmes, & pour le fournir de tous les meubles nécessaires ? Le Testateur a voulu que cela fût pris sur ses effets mobiliers, & cela en consommera une bonne partie. Le surplus doit être converti en fonds.

Le legs monte au plus à 150000 liv. sur lesquelles il faut prélever les dépenses nécessaires pour l'établissement de l'Hôpital, & si l'on compare le revenu qui restera avec les charges, on reconnoîtra que le legs, loin d'excéder les charges, est à peine suffisant pour y satisfaire. Il faut mettre sous les yeux de la Cour la clause du testament.

Et à l'égard de tous les autres biens, tant meubles qu'immeubles, qui se trouveront appartenir audit Sieur Testateur au jour de son décès, tant en meubles meublans, argent comptant, argenterie, promesses, obligations, contrats de con-

ſtitution , grains & vins , fourages & beſtiaux , chevaux , chaiſes & équipages , linge & toile , & tous autres meubles & effets de quelque nature qu'ils puiſſent être , de même que tous ſes acquêts , dont fait partie le Château où il fait ſa demeure , & la Terre & Seigneurie du Meſnil , dont ledit Château fait partie , & où il ſe trouve ſitué , toutes les portions de ſes propres , dont les Coutumes où ils ſont ſituez , lui permettent de diſpoſer ſans en rien reſerver en maniere quelconque : Déclare ledit Sieur Edme du Pont Teſtateur , qu'il les donne & legue aux Freres de la Charité de Paris pour y établir dans ledit Château un Hôpital deſtiné au ſoulagement des Pauvres de la Paroiſſe d'Auxon , & de ceux du Meſnil-Saint-Georges , la Mallevoye , & les Hauts-Chaillots , pour leſquels Pauvres deſdits trois Hameaux & de ladite Paroiſſe d'Auxon ſera uniquement deſtiné ledit Hôpital , dans lequel leſdits Legataires ſeront tenus d'avoir un Prêtre pour y célébrer à perpetuité la ſainte Meſſe pour le repos de l'ame dudit Sieur Teſtateur , & de ſes pere & mere & parens , d'y appeller & entretenir deux Sœurs griſes pour le bon ordre & la décence dans le ſoulagement des femmes qui ſeront audit Hôpital : Voulant & entendant ledit Sieur Teſtateur que leſdits Freres de la Charité de Paris , qu'il établit ſes Legataires univerſels , ſoient tenus d'entretenir dans ledit Hôpital autant de lits qu'il en ſera neceſſaire pour le ſoulagement des Pauvres , & ſeront tenus d'entretenir les bâtimens en bon & ſuffiſant état , de même que toutes les plantations d'arbres qui environnent la maiſon pour y ſervir à promener les Pauvres convaleſcens , & encore à la charge par leſdits Legataires d'entretenir à toujours & à perpetuité un Maître d'Ecole dans la Paroiſſe d'Auxon , pour y apprendre à lire & écrire aux enfans de ladite Paroiſſe , & les former dans les principes de la Religion Catholique , lequel Maître d'Ecole ils ſeront tenus de loger audit Auxon : Veut & entend ledit Sieur Teſtateur que leſdits Legataires ſoient tenus d'employer & de convertir en fonds tout le produit des grains , meubles , & argent pour l'entretenement , tant dudit Hôpital que des Pauvres , après avoir pris préalablement ſur leſdits effets , les deniers neceſſaires pour y former ledit établiſſement.

Item *veut & entend ledit Sieur Teſtateur , qu'où les lits ne ſe trouveroient pas remplis de Pauvres pendant le cours de l'année , les épargnes qui pourroient être faites ſoient employées par leſdits Legataires univerſels , à faire apprendre des Métiers à de pauvres enfans de ladite Paroiſſe d'Auxon & des Hameaux du Meſnil-Saint-Georges , la Mallevoye , & les Hauts-Chaillots , qui leur ſeront preſentez par les Curez des deux Paroiſſes.*

Le Teſtateur nomme enſuite pour ſes Exécuteurs-Teſtamentaires les Curez d'Auxon & d'Ervy , auſquels il ne fait pas la plus legere gratification.

Le Sieur de Villiers eſt décedé le 11 Avril 1736.

Les Religieux de la Charité qui n'avoient jamais connu le Sieur de Villiers , n'ont été inſtruits de ſa diſpoſition que par une lettre de M. le Procureur General du 28 Avril 1736. Ce Magiſtrat ayant reçu par ſon Subſtitut ſur les lieux le teſtament , il en envoya copie au Prieur de la Charité : *Je vous envoye , mon Reverend Pere* (ce ſont les termes de la lettre) *copie du teſtament du feu Sieur de Villiers , où vous trouverez une diſpoſition en faveur de votre Maiſon pour l'établiſſement d'un Hôpital à Villiers. Je ſuis mon Reverend Pere votre très-humble & très-obéiſſant Serviteur.* Signé , JOLY DE FLEURY.

Les

Les Religieux de la Charité envoyerent un de leurs Religieux sur les lieux; on procedá à l'inventaire. Il se presenta une foule d'heritiers qui contesterent reciproquement leur qualité. Depuis, le plus grand nombre de ces heritiers a consenti la délivrance du legs universel.

Après cette exposition des faits, il faut passer à l'examen des moyens proposez par ceux de ces prétendus heritiers qui attaquent ce testament. Ils soutiennent, en premier lieu, que les Religieux de la Charité sont incapables de recevoir des dispositions universelles. En second lieu, que le testament qui contient le legs universel n'est point l'ouvrage de la volonté libre & réflechie du Testateur, qu'il est le fruit de l'obsession & de la captation : Enfin que ce testament est nul dans la forme. Pour combattre ces trois moyens on établira,

En premier lieu, que les Religieux de la Charité sont capables de recevoir des dispositions universelles.

En second lieu, que le testament dont il s'agit est l'ouvrage de la sagesse & de la piété du Testateur, & que la preuve des faits de suggestion qu'on articule ne peut pas être admise.

En troisiéme lieu enfin, que ce testament est regulier dans la forme.

PREMIERE PROPOSITION.

Les Religieux de la Charité sont capables de recevoir des dispositions universelles.

Pour juger de la capacité des Religieux de la Charité de profiter des dispositions universelles qui sont faites en leur faveur, on peut considerer cette question sous trois points de vûe, soit en confondant les Religieux de la Charité avec les autres Communautez Religieuses, soit en considerant les Religieux de la Charité en particulier & dans le point de vûe qui leur convient, c'est-à-dire, comme Administrateurs & Serviteurs des Hôpitaux qu'ils desservent, soit enfin parce qu'il s'agit ici de la fondation & de l'établissement d'un nouvel Hôpital, & qu'ainsi les veritables Légataires sont les Pauvres des lieux ausquels le Testateur a destiné son Hôpital.

Si l'on confond pour un moment les Religieux de la Charité avec toutes les Communautez, malgré le privilege de leur Institut & l'utilité publique qui resulte de leurs travaux, il doit demeurer pour certain qu'ils sont capables de profiter de dispositions universelles. A combien plus forte raison sont-ils capables de ces sortes de liberalitez, dont ils ne sont que les Economes, & dont les Pauvres sont l'objet?

En general toute Communauté approuvée par le Prince forme un corps civil dans l'Etat, qui participe à tous les avantages du Droit civil, d'où il suit que ce corps joüit en nom collectif de la capacité de recevoir que le Droit civil attribue à chaque Citoyen en particulier. L'effet de l'approbation du Prince est de donner la vie à la Communauté, d'en faire un corps politique, & de communiquer à ce corps la capacité & les avantages dont chaque Sujet est participant.

B

De-là la conséquence que de même que chaque Citoyen, qui n'a point d'incapacité particuliere, est capable de recevoir des liberalitez particulieres ou universelles, de même toute Communauté qui est renduë participante du Droit civil, joüit de la même capacité. Ce n'est pas que le Prince, en accordant ses Lettres Patentes, ne puisse mettre des bornes à la capacité de la Communauté qu'il autorise, ne pas lui communiquer tous les avantages du Droit civil, & excepter les dispositions universelles de la capacité de recevoir qu'il lui accorde; mais si cette limitation & cette restriction ne se trouvent point dans les Lettres Patentes, si le Prince a au-contraire autorisé la Communauté indéfiniment, s'il en a fait un corps civil dans ses Etats auquel il n'a retranché aucun des avantages du Droit civil, dès-lors la Communauté a été de plein droit renduë participante de tous les avantages de ce Droit, elle a acquis toute la capacité qui est attribuée par les Loix, & par conséquent on ne peut sans témérité entreprendre de donner des bornes à la capacité indéfinie qui lui a été accordée par le Prince de recevoir toutes sortes de dispositions, puisque c'est s'élever contre la volonté du Souverain.

Et en effet où trouvera-t-on qu'il y ait deux capacitez de recevoir, l'une de recevoir des dispositions universelles, & l'autre de recevoir des dispositions particulieres seulement ? Cette distinction est inconnuë aux Loix : il n'y a que l'Autorité souveraine qui puisse l'introduire, & par des raisons superieures autoriser un établissement dans son Royaume, & en même-tems le déclarer incapable de recevoir des dispositions universelles.

Ces principes sont établis par M^e. Ricard, dans son sçavant Traité des Donations, part. 1, chap. 3, sect. 13, n. 599 ; cet Auteur n'ignoroit pas cependant qu'on faisoit depuis quelque tems un problême de cette question, que quelques personnes prenant occasion des richesses des Communautez Religieuses, à la ruine des familles particulieres, avoient voulu introduire la maxime, que les Communautez étoient incapables des dispositions universelles, & qu'on appuyoit ce sentiment sur quelques Arrêts mal appliquez. Mais cet Auteur établit les principes que l'on vient de rapporter, il combat ce sentiment erroné, & il prouve que les Arrêts sur lesquels on prétendoit l'établir avoient précisément jugé le contraire.

On n'a pas seulement la liberté (dit Ricard) *d'exercer ses bienfaits envers les Particuliers, mais on peut aussi disposer par donation & par testament en faveur des Compagnies & des Communautez en nom collectif.* SI QUID RELICTUM SIT CIVITATIBUS OMNE VALET, SIVE IN DISTRIBUTIONEM RELINQUATUR, SIVE IN OPUS, SIVE IN ALIMENTA, SIVE IN ERUDITIONEM PUERORUM, SIVE IN QUID ALIUD. *Leg. si quid* 117, ff. *de Leg.*

Le même Auteur, n. 601, dit : *A l'effet de jouir de ce privilege, nous ne reconnoissons pour Communautez que celles qui sont approuvées suivant les Loix du Royaume, c'est-à-dire, qui ont été établies en vertu de Lettres Patentes bien & duement verifiées.*

Au n. 608, Ricard agite la question de la capacité de recevoir des dispositions universelles : *Nous reputons* (dit-il) *les Communautez Ecclesiastiques, aussi-bien que les autres, capables de toutes sortes de dispositions, pourvu qu'elles ayent été approuvées par le Prince . . . . Ce n'est pas (ajoute cet Auteur) que l'on n'ait voulu revoquer en doute depuis quelque tems dans le Palais la question de sçavoir, si les Communautez Religieuses n'étoient pas incapables de legs & de dispositions universelles sur un fondement mal entendu de l'Arrêt rendu au profit de Monsieur le Président de Blanc-Mesnil le 27 Juillet 1609, par lequel le legs universel fait par Messire Nicolas Potier, Evêque de Beauvais, son fils, au profit des Peres de l'Oratoire, a été cassé.*

Mais tant s'en faut (continuë Ricard) que cet Arrêt puisse servir à établir une maxime generale contre les Religieux pour les exclure absolument des dispositions universelles, qu'il confirme leur habileté en general pour pouvoir profiter de ces sortes de dispositions comme des autres, en ce qu'il n'a improuvé par un Reglement qu'il a fait, que les donations universelles & excessives qui sont faites aux Religieux par les pere & mere au préjudice de leurs enfans, & des enfans au préjudice de leurs pere & mere.

On ne peut pas aussi (c'est toujours Me. Ricard qui parle) *pour établir l'incapacité des Religieux en general à l'égard des dispositions universelles, se prévaloir d'un Arrêt rendu en l'Audience de la Grand'Chambre le 9 Juillet 1657, qui a déclaré nulle une institution faite au profit des Peres Celestins de la Ville de Lyon, d'autant que cet Arrêt est intervenu sur les circonstances particulieres du fait, & en conséquence de ce que les heritiers ab intestat de la Testatrice étoient très-pauvres, & son Confesseur Celestin . . . . Et en effet lorsque la question s'est presentée détachée de circonstances, la Cour a par ses Arrêts confirmé les dispositions, quoiqu'universelles, faites au profit des Monasteres.* Ricard rapporte ensuite ces Arrêts.

Enfin les plus grands Magistrats chargez du Ministere public, ont établi le même principe que Ricard.

Monsieur le Chancelier portant la parole en 1696, en qualité d'Avocat General, dans une Cause au rôle de Senlis, au sujet d'un legs universel fait à l'Hôpital & à l'Hôtel-Dieu de Beauvais, dit : *Que les Communautez établies par Lettres Patentes n'étoient pas excluses dans la rigueur de Droit de recevoir des legs universels, qu'il n'y avoit pas d'exemple précis de cela, & qu'il se trouvoit seulement dans les Capitulaires de Charlemagne un article qui les en excluoit, mais qu'il y avoit long-tems que cet article étoit hors d'usage ; que si on leur avoit quelquefois ôté le profit desdits legs en entier ou réduit, ce n'avoit été que sur des considerations particulieres, comme quand on voyoit de la part du Testateur qu'il y avoit de l'animosité qui l'avoit porté à ne laisser rien à ses heritiers collateraux, ou de la suggestion, quand il avoit été obsédé par les Legataires, comme dans l'Arrêt de Vaugermain, ou bien quand le Testateur dépoüilloit ses enfans.* Voilà les veritables principes de la matiere, & la clef de tous les Arrêts dont on ne manque jamais d'abuser dans ces occasions.

Si on veut encore voir la question de la capacité des Communautez Religieuses de recevoir des dispositions universelles, traitée avec la plus grande exactitude & la plus profonde érudition, il faut consulter deux fameux Plaidoyers de M. le Procureur General lors Avocat General, & de feu M. Chauvelin, Avocat General, l'un & l'autre rapportez dans le sixiéme tome du Journal des Audiences, liv. 8, chap. 42, & liv. 10, ch. 15. Ainsi à ne considerer les Religieux de la Charité que comme une Communauté Religieuse établie par Lettres du Prince, & ayant reçu la faculté fans reftriction de profiter de toutes les liberalitez qui lui feroient faites, il eft indubitable qu'ils auroient été capables de recevoir le legs univerfel dont ils demandent la délivrance : à plus forte raifon ce legs ne peut-il pas leur être contefté par le défaut de capacité, quand on ré-flechit fur l'établiffement des Religieux de la Charité qui ne permet pas de les confondre avec les autres Communautez Religieufes?

Ainfi il ne s'agit point ici d'un legs univerfel fait à une Communauté ordinaire, il s'agit d'un legs univerfel fait à un Hôpital, d'un legs univerfel deftiné au foulagement des Pauvres qui font en fi grand nombre.

Si on peut craindre la trop grande richeffe des Communautez ordi-naires, dont les biens augmentent fans jamais diminuer; fi on peut craindre que les richeffes exceffives de ces Maifons, dont les charges & la dépenfe n'augmentent pas, quoique leur fortune faffe de nouveaux progrés, neruinent infenfiblement les familles particulieres; fi on craint même que les grandes richeffes n'entraînent le relâchement & la déca-dence de la difcipline Monaftique, peut-on avoir de pareilles allarmes pour des Hôpitaux, dont les facultez font toujours inferieures aux be-foins des Pauvres?

Auffi tous ceux qui ont voulu donner des bornes à la capacité des Communautez Religieufes de recevoir des difpofitions univerfelles, font-ils convenus qu'il falloit excepter les Hôpitaux; & en effet, mettre des bornes à de pareilles liberalitez, ce feroit en mettre à la charité même, & au fecours de tant de malheureux.

Et en effet, fi on confulte les Lettres Patentes confirmatives de l'é-tabliffement des Religieux de la Charité en France, on y voit qu'ils font déclarez capables de toutes fortes de difpofitions, non-feulement pour leurs Maifons exiftantes, mais encore pour l'établiffement de nouvelles, un Ordre auffi utile au Public au fervice duquel il fe confacre tout entier, ne pouvant trop fe multiplier.

Les Lettres Patentes de Henry IV. de 1606 déclarent *les Religieux de la Charité capables de recevoir toutes & chacunes les chofes qui leur pourront être librement & volontairement données, leguées, & délaiffées pour leurfdits logemens, conftructions d'Hôpitaux & des dépendances.*

Ces Lettres Patentes ont été confirmées par les Rois fucceffeurs, & même les Religieux de la Charité joüiffent, comme les Hôpitaux, de l'exemption du droit pécuniaire d'amortiffement.

Ce feroit ici le lieu de rendre compte des Arrêts qui ont confirmé des difpofitions univerfelles en faveur des Hôpitaux, & en particulier en faveur des Religieux de la Charité; mais on aura lieu de les rapporter dans la fuite.

Envain a-t-on relevé que dans des Lettres Patentes obtenues par l'Hôpital general de Paris, on trouve la claufe de la capacité de recevoir des legs univerfels, d'où on tire la conféquence que cette claufe eft néceffaire même par rapport aux Hôpitaux pour les habiliter à recevoir de pareilles difpofitions : enfin qu'on ne doit pas communiquer un privi-lege auffi confiderable à un Hôpital de campagne, que ce privilege doit être

être reſervé aux Hôpitaux de la Capitale du Royaume, à cauſe du grand nombre de pauvres qui ont beſoin de ſecours.

La réponſe à cette objection eſt que ſi l'on a inſeré dans les Lettres Patentes de l'Hôpital general une clauſe par rapport aux legs univerſels, ce n'eſt pas que l'Hôpital ne fût capable ſans cette clauſe de profiter de pareilles liberalitez, & qu'il n'eût même été confirmé dans cette capacité par les Arrêts toutes les fois que l'occaſion s'en étoit preſentée ; mais par plus grande précaution, & pour éviter la queſtion que l'on faiſoit naître au Palais ſur la capacité des Communautez de recevoir des legs univerſels ; & en effet on n'a pas moins confirmé depuis ces diſpoſitions univerſelles, lorſqu'elles ont été faites ſoit en faveur des Hôpitaux de Paris, qui n'ont pas une clauſe pareille à celle qui ſe trouve dans les Lettres Patentes de l'Hôpital general, ſoit en faveur des Hôpitaux de Province, ce qui prouve l'illuſion de la diſtinction que l'on voudroit faire entre les Hôpitaux établis à Paris, & ceux établis en Province, la capacité des uns & des autres étant la même, parce que leur établiſſement, leur utilité, & leur faveur ſont les mêmes.

Enfin il ne s'agit pas ſeulement dans l'eſpece, d'un legs univerſel en faveur d'un Hôpital établi, il s'agit de l'établiſſement & de la fondation d'un Hôpital, il s'agit d'un legs univerſel en faveur des pauvres de certains lieux à qui le Teſtateur a voulu aſſurer un azile dans les maladies dont ils ſeroient affligez, nouveaux motifs pour affermir ſa diſpoſition. Et en effet les Religieux de la Charité ne ſont pas ſeulement capables par les titres de leur établiſſement de recevoir des diſpoſitions univerſelles en faveur de leurs Maiſons exiſtantes, les ſecours qu'ils rendent aux pauvres ont été regardez comme ſi utiles, que le Souverain a penſé que les Maiſons de cet Ordre ne pouvoient trop ſe multiplier, raiſon pour laquelle ils ſont déclarez capables de recevoir *toutes & chacune les choſes qui leur pourront être librement & volontairement données, leguées, & délaiſſées pour leur logement, conſtruction d'Hôpitaux, & des dépendances.* Le legs univerſel dont il s'agit, eſt pour la conſtruction d'un Hôpital ſous la direction des Freres de la Charité, & par conſéquent ils ſont expreſſement autoriſez à recevoir une diſpoſition de cette qualité.

Enfin les Pauvres qui ſont l'objet de la fondation du ſieur de Villiers, ſont capables de recevoir la diſpoſition univerſelle deſtinée à leur procurer les ſecours neceſſaires dans leurs maladies. Quoique les Pauvres ne forment point une Communauté & que ce ſoient des perſonnes incertaines, le Public les a pris ſous ſa protection, leur beſoin leur a fait accorder la capacité de profiter des diſpoſitions mêmes univerſelles faites en leur faveur ; dans l'eſpece, les Pauvres objet de la generoſité du ſieur de Villiers, ne ſont pas incertains. L'Hôpital dont il a ordonné la fondation, eſt deſtiné à recevoir les Pauvres de certains lieux.

Ricard des Donations, Part. 1. Chap. 3, Sect. 13, n. 603, dit: *Encore que les Pauvres & les Captifs ne compoſent pas de communauté reglée, & que d'ailleurs ils puiſſent paſſer pour des perſonnes incertaines lorſqu'ils ne ſont pas abſolument déſignez : Néanmoins comme leur indigence les a mis ſous la protection du public, auquel il appartient particulierement de ſecourir les foibles, les Loix ont non-ſeulement autoriſé les donations & les legs faits à leur profit, quoi-*

qu'en nom *collectif*, *mais elles les ont même déclaré les plus favorables de toutes les dispositions* : M. le Chancelier portant la parole en 1690 dans une cause celebre, dit *que le legs n'étoit point caduc, étant fait aux Pauvres en general, parce que ce n'étoit pas là un legs fait* incertis personis, *les Legataires étans certains & très-évidens dans ce tems de calamitez & de miseres, où il y avoit tant de bouches qui le reclamoient* : ainsi il doit demeurer pour certain que les Religieux de la Charité, ou plûtôt que les Pauvres dont ils ne font que les administrateurs & les serviteurs, font capables de recevoir le legs universel fait pour la fondation d'un Hôpital.

Il reste maintenant de parcourir les Arrêts que l'on peut ranger sous trois classes ; les premiers qui ont été opposez aux Religieux de la Charité ; les seconds que les prétendus heritiers du sieur de Villiers ont pensé que les Religieux de la Charité leur opposeroient, & qu'ils ont cru devoir prévenir pour en détourner l'application ; les troisiémes enfin qui servent à confirmer de plus en plus la maxime, que les Religieux de la Charité font capables de recevoir des legs universels.

1°. Trois Arrêts ont été opposez aux Freres de la Charité, celui de Vaugermain du 19 Février 1691, celui du 23 Mars 1694, au sujet du testament de M..... rapporté au même volume du Journal des Audiences, tome 5, liv. 10, chap. 7, & celui du 14 Février 1696, rapporté dans le même recueil chap. 8. liv. 12, tous trois sur les conclusions de M. le Chancelier, lors Avocat General.

Dans l'espece du premier Arrêt il s'agissoit d'un legs universel fait par la Dame de Vaugermain en faveur des Filles du Saint-Sacrement de la rue Cassette, où elle avoit une fille Religieuse, où elle s'étoit retirée depuis long-tems, & où il étoit prouvé par une foule d'actes qu'elle avoit été obsedée : Aussi lorsque M. le Chancelier porta la parole en 1696 dans une autre cause, après avoir établi le principe general de la capacité des Communautez de recevoir des legs universels, il ajouta *que si on leur avoit quelquefois ôté le profit desdits legs en entier ou réduit, ce n'avoit été que sur des considerations particulieres, comme quand on voyoit de la part du Testateur qu'il y avoit de l'animosité... ou de la suggestion quand il avoit été obsedé par ses Legataires, comme dans l'Arrêt de Vaugermain & autres* : Quelle application l'Arrêt de Vaugermain peut-il donc avoir à l'espece qui est à décider ? Les Religieux de la Charité n'ont jamais connu le sieur de Villiers Testateur.

Le second Arrêt au sujet du testament de M..... est aussi étranger à la contestation presente que celui de Vaugermain ; pour s'en convaincre il suffit d'exposer les circonstances dans lesquelles cet Arrêt a été rendu.

Le Testateur avoit un fils constitué en dignité, & dont il prétendoit avoir des sujets de mécontentement ; il fit par son testament un legs universel en faveur des Pauvres, sçavoir un tiers en faveur de l'Hôtel-Dieu & de l'Hôpital General, 10000 liv. aux Pauvres de sa Paroisse, un autre tiers pour dire des Messes, & le reste aux Pauvres en general. Ce testament qui dépouilloit un heritier en ligne directe, fut attaqué. Le fils avoit des moyens bien puissans ; l'imbecillité, la colere la mieux caractérisée & la plus injuste. Et en effet l'Arrêtiste remarque, *qu'on avoit trouvé après la mort du pere dans ses papiers, quantité de Mémoires,*

Factums, & inventaires de production qu'il avoit faits & écrits pour s'en servir à trois Procès qu'il vouloit faire à M. son fils qu'il chargeoit de plusieurs crimes, même le dénonçoit à M. le Chancelier & à M. le Premier Président du Parlement où il étoit Conseiller, comme un mauvais Juge, un Voleur, & un Faussaire.

Enfin pour trait d'imbecillité, le Testateur demandoit qu'on exhumât sa femme, morte depuis plusieurs années, pour la mettre dans un même tombeau que lui; le Testateur s'accusoit aussi d'usure & de prévarication dans ses fonctions; ce testament, comme l'observe l'Arrêtiste, contenoit *des traits de colere, de contrarieté, & d'imbecillité;* cependant malgré des moyens aussi puissans, la Cour ne crut pas devoir se porter à anéantir entierement le testament, elle donna 30000 liv. à l'Hôtel-Dieu, 20000 liv. à l'Hôpital General, & 10000 l. à la Paroisse. Enfin le dernier Arrêt du 14 Février 1696, qu'on a opposé aux Religieux de la Charité, a aussi peu d'application à la cause que les deux précedens.

Dans l'espece de cet Arrêt, il s'agissoit d'un legs universel fait en faveur de l'Hôpital & de l'Hôtel-Dieu de Beauvais; deux tantes du défunt attaquoient le testament, & à défaut de moyens, elles cherchoient à exciter la compassion par leur indigence.

Les Administrateurs de l'Hôpital & de l'Hôtel-Dieu de Beauvais, se prêterent eux-mêmes à ce sentiment, ils offrirent à chacune de ces heritieres 1500 liv. une fois payé ou 200 liv. de pension viagere, & ce fut en conséquence de leurs offres, que la Cour en confirmant la Sentence qui avoit fait délivrance du legs universel, ajouta cette seconde disposition, *& en conséquence des offres des Intimez (les Administrateurs) les a condamnez à payer à chacune des Appelantes 1500 liv. en effets de la succession, si mieux n'aimoit l'Appelante non mariée prendre 200 liv. de pension viagere.*

De laquelle des deux dispositions de cet Arrêt, les heritiers du sieur de Villiers prétendent-ils tirer avantage contre les Religieux de la Charité? Est-ce de la premiere disposition qui a fait délivrance du legs universel à un Hôpital & un Hôtel-Dieu de Province? non sans doute! Est-ce de la seconde disposition qui en conséquence des offres des Administrateurs de ces Hôpitaux, accorde 1500 liv. une fois payé, ou 200 liv. de pension viagere à deux tantes heritieres qui se trouvoient dans la plus affreuse indigence? En verité y a-t-il quelqu'une des Parties qui se presente, qui soit dans une situation aussi triste? L'éclat avec lequel la Dame Comtesse du Moulins se presente à l'Audience, fait connoître que ce moyen ne pourroit lui être appliqué sans une injure dont elle auroit droit de s'offenser. M^e. Guyot Avocat semble être celui à qui on a voulu appliquer ce moyen; il est vrai que la profession qu'il a embrassée offre plus de réputation que de fortune, & qu'on s'y distingue moins par l'éclat des richesses que par la vertu & par la candeur; mais il ne faut pas confondre une honnête médiocrité avec l'indigence & la misere; & l'Arrêt qu'on fait valoir ne presente qu'un secours leger accordé par les Administrateurs mêmes à l'indigence la plus extrême. Il doit donc demeurer pour constant que l'on n'a point été heureux dans la recherche des Arrêts qu'on a opposez aux Religieux de la Charité; il faut maintenant examiner ceux qui sont favorables aux Religieux de la Charité, & dont on a cru devoir diminuer l'autorité en prévenant leur citation.

Ces Arrêts font ceux par lesquels les legs universels portez dans les teftamens de M^e. Braquet Avocat en la Cour, & du fieur Greflé Secretaire du Roy, tous deux en faveur des Religieux de la Charité, ont été confirmez.

Dans l'efpece du teftament de M^e. Braquet, il eft vrai qu'il fe trouvoit une circonftance finguliere, qui eft que l'Abbé Braquet frere du Teftateur, fon Legataire univerfel, & grevé de fubftitution en faveur de l'Hôpital des Religieux de la Charité, acquiefçoit au teftament qui étoit attaqué par d'autres heritiers; mais la queftion de la capacité des Communautez & des Hôpitaux de recevoir des legs univerfels, fut approfondie par M. le Procureur General, ainfi qu'on peut le voir, *tom. 6, du Journ. des Aud. liv. 8, chap. 42*, & ce Magiftrat décida, que les Communautez Religieufes & les Hôpitaux à plus forte raifon, font capables de recevoir des difpofitions univerfelles.

A l'égard du teftament du fieur Greflé rapporté dans le même tom. 6 du Journal des Audiences, liv. 10, chap. 15, il reçoit une application directe à l'efpece qui eft à décider.

Le fieur Greflé avoit fait un premier teftament, par lequel il avoit inftitué les Religieux de la Charité fes Legataires univerfels: depuis il avoit revoqué ce teftament par un codicile, & il avoit gratifié un neveu de fa fucceffion; mais ce qu'il faut obferver, c'eft que la révocation portée par le codicile étoit conditionnelle, & que le neveu avoit defobéi au Teftateur.

Ce neveu fentant bien qu'ayant contrevenu à la condition, il ne pouvoit pas profiter de la liberalité, & que le premier teftament qui n'avoit été révoqué que conditionnellement, reprenoit toute fa force, propofa aux Religieux de la Charité de tranfiger avec eux: ceux-ci accepterent la propofition, & par tranfaction, ils s'obligerent de lui remettre quelque portion de la fucceffion.

Alors parurent deux fœurs & un autre neveu du Teftateur, qui prétendirent que le codicile étant devenu inutile au neveu qui étoit gratifié, par la raifon, que la liberalité étoit conditionnelle, & que le neveu avoit contrevenu à la condition, le premier teftament, par lequel les Religieux de la Charité étoient faits Legataires univerfels, n'avoit pas repris vigueur, que ce teftament n'avoit pas moins été révoqué purement & fimplement, quoique la difpofition faite par le codicile en faveur du neveu fût conditionnelle; & qu'ainfi le neveu s'étant mis dans le cas de ne pas profiter du legs, la fucceffion devoit être partagée *ab inteftat*.

On agitoit donc deux queftions.

La premiere, de fçavoir fi la difpofition portée par le codicile, ne pouvant pas avoir d'effet, le premier teftament devoit avoir fon exécution, comme n'ayant été révoqué que conditionnellement.

Et la feconde, fi les Religieux de la Charité étoient capables de recevoir des legs univerfels. L'une & l'autre queftion furent décidées en faveur des Religieux de la Charité, ainfi qu'il paroît par le Plaidoyer de feu M. Chauvelin Avocat General. *Il fut établi lors de cet Arrêt* (dit le Journalifte) *que les Religieux de la Charité étoient capables de legs univerfels, & que le premier teftament n'étant révoqué que fous condition, & la condition*

n'étant

n'étant pas arrivée, le premier teſtament reprenoit ſa force. Par-là on a auſſi jugé (c'eſt encore le Journaliſte qui parle) que la condition appoſée au codicile étoit licite, & que le neveu n'avoit point de droit de ſon chef à la ſucceſſion ; mais qu'étant aux droits des Peres de la Charité, il pouvoit profiter de ce que ces Peres lui avoient laiſſé.

Que l'on peſe bien toutes les circonſtances de cet Arrêt, & l'on avoüera de bonne foi qu'il eſt dans les circonſtances les plus avantageuſes pour établir la capacité des Religieux de la Charité, de recevoir des diſpoſitions univerſelles.

Enfin, il faut ajoûter à cet Arrêt celui du 10 Juin 1667, qui a fait délivrance aux Religieux de la Charité du legs univerſel fait en leur faveur par le ſieur Bageau.

Dans la même année 1667 la Demoiſelle de Betiſy fit auſſi un legs univerſel en faveur de l'Hôtel-Dieu de Paris, & des Religieux de la Charité. Les heritiers attaquerent d'abord le teſtament, ils furent condamnez par les premiers Juges. Ils appellerent de leurs Sentences ; mais bientôt mieux inſtruits, ils acquieſcerent aux Sentences qui les avoient condamnez à la délivrance du legs univerſel. La tranſaction eſt du premier Juillet 1667, ils s'y reſervent la diſtraction des propres qui leur appartenoit.

Enfin on finira, en obſervant qu'il y a pour plus de 150000 l. de propres dans la ſucceſſion du ſieur de Villiers. Ainſi il s'en faut bien que le legs dont il s'agit abſorbe cette ſucceſſion, & qu'il dépoüille ceux qui ſe trouveront heritiers du Teſtateur. Le ſieur de Villiers tenoit ſon bien de ſes ancêtres, & il l'avoit augmenté par ſon économie & par ſon arrangement.

Après avoir établi la capacité des Legataires, il faut examiner celle du Teſtateur, & voir ſi ſon teſtament a été l'ouvrage de ſa volonté, ou s'il eſt le fruit indigne de la ſuggeſtion & de la captation.

SECONDE PROPOSITION.

Le teſtament du Sieur de Villiers eſt l'ouvage de ſa volonté, & non celui de la ſuggeſtion & de la captation.

La ſuggeſtion eſt un de ces moyens uſez qui ſert de reſſource à ceux qui n'en ont point. Ce n'eſt pas que ce moyen ne ſoit bon, quand il eſt bien appliqué, mais l'abus qu'on eſt accoutumé d'en faire, l'a décrié avec raiſon.

Pour propoſer ce moyen avec ſuccès, il ne ſuffit pas d'être aſſez téméraire pour hazarder des faits ; la preuve par témoins eſt trop dangereuſe pour être reçuë ſans précaution contre un acte ſolemnel, qui a pour garant un Officier public en fonction, & la ſignature du Teſtateur. Avec des témoins apoſtez, il n'y a point de teſtament qu'on ne parvînt à détruire.

Après ces réflexions generales il faut examiner ſur quoi les heritiers du ſieur de Villiers fondent la ſuggeſtion qu'ils oppoſent.

Le ſieur de Villiers, diſent-ils, étoit un vieillard de plus de quatre-vingt ans, accablé par la maladie, expirant, pouvant à peine parler,

D

Comment a-t-il pû dicter le testament qu'on presente ? Enfin l'importance de la disposition qu'il fait exigeoit de la réflexion de sa part. Le Testateur auroit dû avoir médité depuis long-tems un projet aussi important que la fondation dont il s'agit. On auroit dû trouver quelque projet de sa main de son testament. Envain on veut faire penser que cette disposition est l'ouvrage d'un instant de la part d'un homme expirant. Telles sont les présomptions qu'on fait valoir : Présomptions qui n'ont rien de solide, & qui sont même combatues par des présomptions beaucoup plus puissantes.

Premierement le sieur de Villiers avoit au plus 70 ans, & il jouissoit de son état & de toute sa raison.

Secondement, le sieur de Villiers malade, n'étoit point à l'extrêmité, il a vêcu six jours depuis son testament, & il s'en falloit de beaucoup qu'il fût dans un état desesperé quand il l'a fait. Le sieur de Villiers a joui de toute sa presence d'esprit pendant sa maladie.

Enfin, si la fondation faite par le sieur de Villiers exigeoit tant de réflexions, il les avoit faites depuis long-tems. Il n'a même fait par son testament, qu'assurer aux Pauvres les secours que sa generosité & sa pieté leur fournissoient tant qu'il a vêcu. Si l'on avoit trouvé dans les papiers du Testateur un projet de sa disposition, on crieroit à la suggestion, on s'en feroit un moyen ; l'esprit de ressource qui sçait faire usage de tout, se fait un moyen de ce qu'on n'a point trouvé ce projet, & de ce que la disposition a passé sur le champ du cœur du Testateur dans son testament.

Mais voici des présomptions à l'évidence desquelles l'incrédulité même doit se rendre.

Premierement, le sieur de Villiers, Testateur, jouissoit de son état, & par consequent il étoit capable de disposer.

Secondement, les Religieux de la Charité que le sieur de Villiers a choisis pour Legataires universels ne l'ont jamais connu, ni eu aucune sorte de relation avec lui, ils n'ont appris sa disposition en leur faveur, que par M. le Procureur General.

Ainsi on ne peut donc pas reprocher à ces Religieux d'avoir obsedé, & d'avoir séduit un Testateur qu'ils n'ont jamais vû. Que l'on sente combien ce fait est puissant & décisif !

Troisiémement, aussi impute-t-on la suggestion aux deux Curez de la Terre de Villiers, Curez dont aucun des Religieux de la Charité n'a jamais été connu ; c'est-à-dire, que ces Curez ont commis un crime gratuit, ou plutôt qu'ils ont commis un crime contre leurs propres interêts, & cela en faveur d'inconnus. Que d'absurdité dans un pareil sistême !

En quatriéme lieu, ces Curez n'ont aucune gratification par le testament, ils n'ont aucune part à l'administration de l'Hôpital, aucune inspection, aucune superiorité. Quel a donc pû être le motif du crime qu'on leur impute ?

Les Curez ne sont pas ordinairement amis des Religieux. L'établissement d'un Hôpital de la Charité à Villiers privoit les Curez d'un Paroissien illustre, & leur donnoit à sa place des Religieux qui devenoient Curez dans leur Hôpital.

Enfin, comment penser que des Curez dont la conduite a toujours été irréprochable, sont devenus subitement des criminels du premier ordre, & qu'ils ont, fans aucun avantage pour eux, fabriqué un faux teftament en faveur d'inconnus ?

Mais non-feulement il faut que ces Curez foient devenus coupables, il faut auffi que le Notaire & les témoins inftrumentaires qui accompagnoient le Notaire, fe foient rendus coupables d'une fauffeté digne de toute la feverité de la Juftice.

En effet, le fait articulé par les prétendus heritiers du fieur de Villiers, eft qu'un des deux Curez eft devenu le Teftateur, que c'eft lui qui a dicté le teftament au Notaire, & qu'on a arraché du Teftateur la fignature qu'il a mife au pied de cet acte fuppofé.

Non-feulement le teftament fait mention dans deux endroits qu'il a été dicté par le Teftateur, ce qui eft affuré par la fignature du Teftateur, & par celles du Notaire & de fes témoins ; mais on trouve dans ce teftament une preuve bien naïve & bien forte de cette verité, Cette preuve refulte de la derniere claufe du teftament qui porte : *Que tout ce que deffus a été dicté & nommé par ledit fieur Edme du Pont, Teftateur, à moi Notaire & Tabellion fouffigné, en prefence de mes témoins, qui font Me. Claude Natey, Docteur en Medecine, demeurant à Seignelay, de prefent à Villiers ; du fieur Pierre Cheret, Maître Chirurgien, demeurant à Soufmaintrain, étant auffi de prefent à Villiers ; en prefence defquels fieurs Natey & Cheret j'ai lû & relû audit fieur Teftateur fon prefent teftament qu'il a dit bien entendre, & voulu qu'il foit executé felon fa forme & teneur ; ordonnant en outre, qu'il foit celebré pour le repos de fon ame, le plutôt que faire fe pourra, 2000 Meffes ; & a ledit fieur du Pont, Teftateur, figné avec nous audit Château de Villiers en fa Chambre, & lefdits fieurs Natey & Cheret mes témoins.* Cette difpofition des 2000 Meffes échappée à un homme qui dicte fon teftament, & ajoutée lorfqu'on lui en fait lecture, eft la preuve la plus fimple, la plus naturelle, & la plus puiffante de la verité de la lecture du teftament. L'impofture n'imite point ainfi la verité.

Envain articule-t-on le fait que ce teftament a été dicté par un des Curez, & prétend-t-on que la preuve de ce fait doit être admife fans avoir befoin d'attaquer le teftament par l'infcription de faux, attendu que fuivant la nouvelle Ordonnance concernant les teftamens, art. 47, on peut propofer tous les moyens de fuggeftion, fans avoir befoin de s'infcrire en faux.

La nouvelle Ordonnance n'a rien changé à la Jurifprudence par rapport aux moyens de fuggeftion.

On a agité la queftion de fçavoir fi quand un teftament porte, *qu'il a été fait fans fuggeftion & induction*, de même que quand les Notaires déclarent que le Teftateur *leur a paru fain d'efprit, memoire, & entendement*, pour prouver la fuggeftion du teftament ou l'imbecilité du Teftateur, il faut paffer à l'infcription de faux pour détruire les claufes par lefquelles l'Officier public a déclaré qu'il n'y avoit point eu de fuggeftion, ou que le Teftateur lui avoit paru fain d'efprit ; & il y a long-tems que les Arrêts ont jugé que ces claufes ne devoient point arrêter lorfqu'on mettoit des preuves du contraire fous les yeux de la Juftice.

Mais quoique l'infcription de faux ne foit pas neceffaire, il ne faut pas croire qu'il fuffife d'articuler qu'un Teftateur étoit imbecile ; il faut des commencemens de preuve par écrit qui soient considerables, & c'est d'après ces principes que par Arrêt recent de la Gr. Chambre on a confirmé le testament du Chevalier du Faur, dans lequel les Notaires avoient attesté qu'il leur avoit paru *sain d'esprit, memoire, & entendement*, ce que les heritiers combattoient par des faits d'imbecilité qu'ils articuloient. Il en est de même de la suggestion : si on en rapporte des preuves par écrit qui détruisent la clause que le testament a été fait *sans suggestion & induction aucune*, il n'est pas nécessaire de s'inscrire en faux contre la clause ; mais il ne suffit pas pour détruire cette clause d'articuler des faits, il faut offrir à la Justice des preuves capables de la déterminer à recevoir la preuve par Témoins pour mettre le complement à la preuve par écrit, & pour assurer la verité par le concours de ces deux genres de preuves.

Enfin Ricard, dans son Traité des Donations, part. 3, ch. 1, n. 51, fait une distinction bien solide sur cette question : ou la suggestion, dit-il, a été commise dans le tems-même que le testament a été reçu par les Notaires : ou elle a été commise hors la presence des Notaires. Dans ce dernier cas, la déclaration faite par le Notaire, que le testament a été fait sans induction & suggestion, est étrangere à la suggestion qui a été pratiquée, puisqu'elle a été commise hors le tems de la presence du Notaire. Mais s'il s'agit d'une suggestion qu'on prétend avoir été pratiquée sous les yeux du Notaire pendant la rédaction même du testament, cet Auteur décide qu'on ne peut pas proposer un pareil moyen, sans détruire la déclaration du Notaire par l'inscription de faux. *Si bien* (dit Ricard) *que quand nous avons dit ci-devant que lorsqu'on veut être admis à la preuve de suggestion contre un testament où cette clause a été observée, il est necessaire de s'inscrire en faux, nous n'avons parlé qu'en ce cas, & à l'égard de la suggestion qui avoit été faite pendant que le testament se passoit ; car comme le Notaire n'a point entendu parler d'un autre tems, d'autres faits de suggestion n'allant pas à détruire son acte, il n'est point necessaire de passer jusqu'à l'inscription en faux pour les faire recevoir.*

C'est à la suite de cette décision que Ricard, n. 56, parle de la suggestion pratiquée dans un tems voisin du testament, qui est sans doute la plus puissante lorsqu'elle est prouvée, parce qu'il est plus vrai-semblable que le testament a été son fruit ; mais il faut toujours faire usage des principes que cet Auteur a établis précédemment, pour déterminer dans quel cas la preuve de la suggestion peut être reçue par Témoins, quels commencemens de preuves par écrit sont necessaires pour admettre la preuve par Témoins, & quand il est même necessaire de s'inscrire en faux. Le même Ricard parle ensuite du cas où le Captateur assiége le Testateur, lui inculque sa volonté dans le tems voisin du testament, *lui suggere & prononce les legs qui sont par après redigez dans le testament.*

Il ne s'agit donc pas de quelqu'un qui dicte au Notaire pour le Testateur, & sous la dictée duquel le Notaire prévaricateur écrive, & déclare faussement que le testament lui a été dicté par le Testateur ; il s'agit au-contraire de quelqu'un qui inspire des dispositions au Testateur, qui les prononce devant lui, & le Testateur ainsi disposé, *les legs sont* PAR APRE's *redigez dans le testament.* Ricard parle ensuite du cas où des per-

sonnes

fonnes gratifiées par le teftament feroient prouvées avoir été prefentès à
fa rédaction, & il examine fi leur prefence peut porter atteinte au teftament, & c'eft à cette occafion que cet Auteur dit, » Que les Notaires «
exacts ne laiffent dans la chambre du Teftateur que ceux qui font né- «
ceffaires pour la folemnité du teftament ; mais cependant en même- «
tems Ricard établit que la prefence d'autres perfonnes ne détruit point «
le teftament, & que la Cour l'a jugé le 1 Août 1650 dans la Coutume «
de Chartres, en faveur d'un mari prefent au teftament de fa femme, dont «
il étoit légataire univerfel, & dont la prefence étoit prouvée par le tef- «
tament même, qui étoit dit fait en fa prefence & de fon autorité. Le «
même Auteur ajoute, que le Teftateur peut auffi retenir auprès de lui, «
pendant qu'il dicte fon teftament, une perfonne de confiance pour con- «
ferer avec elle fur les difpofitions qu'il fait, & fe fervir de fes confeils. «
Mais tous ces cas font fans application à l'efpece qui eft foumife à la dé-
cifion de la Cour.

Et en effet, le fait que l'on articule que le teftament dont il s'agit a
été dicté par un des Curez, ne peut pas être regardé comme un fait de
fuggeftion ; ce fait a pour objet de prouver au Civil la fauffeté & le
crime les plus puniffables, de la part du Curé, du Notaire, & des
Témoins inftrumentaires. En effet, le Notaire déclare que le teftament
lui a été dicté par le Teftateur, & on prétend prouver qu'une autre perfonne a remplacé le Teftateur & a dicté le teftament, c'eft-à-dire, que
le Notaire & les Témoins font des Fauffaires. Cependant le Notaire,
Officier ayant ferment en Juftice, attefte par un acte autentique qu'il a
écrit ce teftament fous la dictée du Teftateur, & le Teftateur a fcellé
cette verité par fa fignature.

Si l'on confulte les Auteurs fur la fuggeftion, ils difent tous que c'eft
une voie d'infinuation, de douceur, & de baffe complaifance, par laquelle
on affiége un vieillard, & on parvient à lui faire adopter une volonté
étrangere. Ici l'on donne pour fuggeftion une furprife indigne, un crime
du premier ordre, & un faux réel ; & la fuite de l'Enquête qu'on deman-
de la permiffion de faire, feroit le fuplice du Curé, du Notaire, & des
Témoins contre lefquels on n'ofe pas rendre plainte, & la fauffeté d'un
acte qu'on n'ofe pas attaquer ; on ne peut donc que rejetter avec indi-
gnation les faits que la calomnie a enfantez, & que la témérité a pro-
duits au jour.

TROISIE'ME PROPOSITION.

Le teftament du Sieur de Villiers eft regulier dans la forme.

La Providence a permis (difent les heritiers du Sieur de Villiers)
qu'il foit échapé une faute groffiere aux Auteurs du teftament du Sieur
de Villiers.

On convient cependant de leur part que dans une caufe exceffive-
ment favorable on ne devroit pas porter la rigueur auffi loin ; mais qu'il
s'agit de faire rentrer dans leurs droits des heritiers dépoüillez, & que
tout milite en leur faveur.

E

Ce qui fait la nullité du testament, c'est, dit-on, la disposition des deux mille Messes ajoutée par le Testateur lorsqu'on lui a fait lecture de son testament. Cette disposition n'a point été relûe au Testateur, & par conséquent on n'a point satisfait à la formalité prescrite par la Coutume.

Il est vrai que dans la clause précédente il est dit que le testament a été lû & relû; mais depuis, le Testateur a ajouté à sa disposition; & comme la clause de *lû & relû* doit être la derniere du testament, & précéder immediatement la datte & la signature à peine de nullité, il s'ensuit que le testament du Sieur de Villiers est nul; la clause de *lû & relû* n'étant point à la fin du testament.

Envain prétendroit-on (ce sont toujours les heritiers du Sieur de Villiers qui parlent) que la nullité ne peut tomber que sur la derniere disposition du testament, concernant les deux mille Messes, qui n'a point été relûe au Testateur, & non sur le surplus du testament, & singulierement sur le legs universel qui a été lû & relû au Testateur, ainsi que le testament en fait mention.

On ne peut pas, dit-on, sincoper le testament qui est un acte indivisible, pour en faire subsister une partie, & anéantir l'autre; d'autant que la partie qu'on voudroit faire subsister est lûe & relûe & non signée, & que la seconde partie qui contient la disposition des deux mille Messes, & qui est celle qui contient le legs universel, qui est nulle, est signée, & non lûe & relûe. Enfin, dit-on, tout est de rigueur dans les testamens.

Ce moyen n'est qu'une subtilité qui ne peut pas faire la plus legere impression. L'esprit, le texte de la Loi, le sentiment des Jurisconsultes, & la Jurisprudence des Arrêts le condamnent également.

1°. Si l'on considere l'esprit de la Loi, quand elle a prescrit de faire mention que le Testateur a dicté ses dispositions, & qu'on les lui a lûes & relûes, ç'a été pour assurer les dispositions des Testateurs, pour prévenir les surprises, & pour que le Testateur connût par la lecture qui lui seroit faite avant que d'apposer sa signature, que la disposition avoit été rédigée conformement à sa volonté.

Ici on a exactement rempli le vœu de la Loi.

Le Sieur de Villiers a dicté son testament, & on lui en a fait lecture après. Le legs universel dont il s'agit est auparavant la clause qui fait mention de la lecture, & le Testateur a mis le sceau à sa volonté par sa signature.

La disposition ajoutée par le Testateur en entendant la lecture de son testament, & qui n'a qu'une ligne, lui a aussi été relûe, & il n'a pas pû signer sans la lire lui-même, mais il n'a pas été necessaire de faire une nouvelle mention de la lecture.

2°. Et en effet si l'on consulte le texte de la Loi qui a prescrit de faire mention que le testament a été *lû & relû*, on ne trouvera pas qu'il ait été décidé si dans l'ordre de l'écriture la clause qui contient cette mention doit être la derniere dans le testament à peine de nullité, d'autant qu'en matiere de dispositions pénales on ne les suplée point, & qu'elles doivent être expresses. Le testament ne forme qu'un seul tout, & il est indifferent que les clauses par lesquelles il est attesté que les formalitez ont été remplies soient placées au commencement ou à la fin, d'autant même que cette clause est toujours rédigée avant que la formalité dont il est fait mention ait été remplie. C'est ainsi qu'il est dit, que les Parties & les Officiers ont signé avant qu'ils l'ayent fait effectivement.

3°. M°. Ricard des Donations, part. 3, chap. 5, sect. 6, n. 1518 & suivans, pag. 343, examine la question de sçavoir, si la clause de *lû & relû* doit dans l'ordre de l'écriture être la derniere dans le testament, à peine de nullité. Il rapporte la raison de douter que les prétendus heritiers du Sieur de Villiers ont saisie ; mais il décide bien nettement que ce moyen n'est rien moins que solide. *Il semble* (dit Ricard, c'est la raison de douter qu'il rapporte d'abord & qu'il combat ensuite) *qu'il y a lieu de soûtenir, que les solemnitez regardant tout le testament en general ; & qu'étant necessaire, par exemple, qu'il soit entierement dicté par le Testateur, & ensuite à lui lû & relû, la clause qui en fait mention ne peut être mise qu'à la fin, d'autant que l'on ne peut pas écrire dans la verité, que ces formalitez ont été gardées auparavant que toutes les dispositions contenuës au testament ayent été achevées, & que les Témoins ayent reconnu si le Testateur a effectivement dicté son testament, & si le Notaire lui en a fait la lecture réiterée.*

Voici maintenant la raison de décider par laquelle Ricard se détermine : *C'a été pourtant avec raison, que cette opinion rigoureuse a été rejettée, parce que le testament étant individu & ne composant qu'un acte, il acquiert sa perfection en un même-tems ; tellement qu'il n'importe pas à quel endroit du testament il soit fait mention qu'il a été dicté, lû & relû, d'autant que cette clause, en quelque lieu qu'elle se trouve placée, a son rapport à tout l'acte, lequel n'est conclu que par les signatures qui servent de sceaux, & qui font foi de la verité de tout ce qui y est contenu ; de sorte qu'il suffit que les solemnitez dont nous parlons ayent été observées auparavant les signatures, & il est indifferent que la clause de dicté, nommé, lû & relû, soit au commencement, au milieu, ou à la fin, pourvû que la solemnité ait été gardée, & la clause redigée par écrit, auparavant que la Partie, le Notaire, & les Témoins ayent signé.*

Aussi (continuë Ricard) *la Coutume à laquelle nous ne devons rien ajouter, particulierement pour les dispositions penales, telles que celles dont il est question, qui vont à annuller les actes, se sont-elles contentées de desirer en general que ces formalitez soient observées, sans imposer la necessité qu'il en fût fait mention à la fin, ou au commencement du testament.*

Mais davantage (c'est toujours Ricard qui parle) *si la prétention de ceux qui soutiennent l'opinion contraire avoit lieu, il s'en ensuivroit qu'il seroit impossible d'exécuter l'Ordonnance qui veut, que les actes soient signez des Parties & des Témoins qui sçavent signer, & qu'il soit fait mention, tant dans la minute que dans la grosse, qu'ils ont aussi signé, parce que la signature étant l'accomplissement de l'acte, & la minute devant être achevée auparavant qu'elle soit signée, ce seroit, à leur dire, une fausseté que d'écrire dans la minute, que les Parties & les Témoins ont signé auparavant qu'ils eussent signé actuellement ; & tous les actes qui commencent pardevant les Notaires soussignez seroient par la même raison semblablement faux.*

4°. Ricard atteste la Jurisprudence des Arrêts : *Les Arrêts* (dit-il) *qui ont jugé que cette clause, dicté, nommé, lû & relû, pouvoit être valablement inserée ailleurs qu'à la fin du testament, & même que les mots lû & relû pou-*

voient preceder ces autres, dicté & nommé, quoique dans l'ordre le teftament doive être dicté auparavant qu'il puiffe être lû & relû; ont été rendus, fçavoir, trois en l'Audience de la Grand'Chambre, le premier le Mercredy 19 May 1649 au fujet du teftament de fieur de Marvilliers: Le fecond, le Jeudy 11 Août 1650, en confirmant le teftament de M. Hercules Frefnay: Le troifieme, le Vendredy 29 May 1655, fur l'appel d'une Sentence du Bailly de Montmorency, & le quatriéme en l'Audience de la Seconde Chambre des Enquêtes fur les conclufions de M. l'Avocat General Bignon, le 8 Février 1653, en execution du teftament de la Dame de Lancy.

A des moyens auffi décififs, on oppofe deux nouvelles fubtilitez. 1°. La Coutume étant contraire à la prétention des heritiers du fieur de Villiers, ils ont recours à la nouvelle Ordonnance concernant les teftamens, art. 23; & parce que cette Loy redigée avec foin, marque le progrès des operations dans leur ordre, en difant que les teftamens feront reçus par des Notaires dont l'un écrira les dernieres volontez du Teftateur qui les dictera, & que les Notaires lui en feront *enfuite* lecture dont fera fait mention expreffe, ils prétendent que l'ordre de l'écriture doit être le même, & que la mention de la lecture doit être ENSUITE de celle que le teftament a été dicté, & que ce doit être la derniere claufe du teftament.

La réponfe à cette objection, eft que la nouvelle Ordonnance n'a rien changé à la Coutume à cet égard. En parlant de l'operation même du teftament, il a bien fallu placer la lecture après la rédaction du teftament, puifqu'elle ne peut être faite qu'alors, mais par rapport à la mention de la lecture dans le teftament qui doit être faite dans l'acte lors de fa rédaction & avant la lecture même, il eft indifferent dans quelle partie du teftament elle fe trouve placée; la nouvelle Ordonnance n'a rien prefcrit de nouveau fur ce point.

2°. Les heritiers du fieur de Villiers prétendent qu'il réfulte des termes mêmes du teftament, que la difpofition par laquelle le Teftateur a ordonné 2000 Meffes, ne lui a point été relue: *ordonnant en outre qu'il foit celebré pour le repos de fon Ame, le plûtôt que faire fe pourra, 2000 Meffes, & a ledit fieur du Pont Teftateur figné; il eft évident, difent les heritiers du fieur de Villiers, qu'il n'a point été fait lecture de cette derniere difpofition, la lecture ne s'appliquant qu'à ce qui précede, & la derniere difpofition étant diftinguée de ce qui la précede par ces termes, ordonnant en outre:* Mais cet argument n'eft qu'un nouveau fophifme; il eft vrai que cette difpofition eft diftinguée des précédentes, & qu'elle a été ajoutée par le Teftateur à qui elle étoit échapée, lorfque le Notaire lui a fait lecture de fon teftament; mais par cette addition avant la clôture du teftament, cette difpofition eft devenuë une partie intégrale du teftament, & par conféquent dès-lors il n'y a plus eu qu'un feul acte dans lequel les formalitez ont été remplies.

Ainfi quoique cette difpofition ait été rélûe, & que le Teftateur n'ait pas pû la figner fans la lire lui-même, n'ayant qu'une ligne, & étant au-deffus de fa fignature immediatement, il a été inutile de faire une nouvelle mention que cette difpofition particuliere avoit été dictée par le Teftateur, & qu'elle lui avoit été rélûe; la mention faite dans le corps du teftament étant pour tout l'acte, auffi-bien pour ce que le Teftateur dictoit d'abord, que pour ce qu'il jugeroit à propos d'ajouter lorfque la lecture lui en feroit faite.

Ainsi de quelque côté qu'on envisage le legs universel dont il s'agit, il doit avoir son exécution. Les Légataires sont capables d'en profiter, & rien n'est plus favorable qu'une disposition, dont l'objet est de procurer une retraite aux Pauvres, & de leur assurer des secours dans leurs maladies. Le Testateur qui a fait la disposition avoit la capacité de disposer, & son testament est l'ouvrage d'une volonté réflechie, & un monument de sa piété. Dans la forme ce testament est regulier.

Enfin si on considere ceux qui attaquent cette disposition, on peut douter légitimement de leur qualité de parens, & de celle d'heritiers du Testateur ; & en les supposant parens, entre soixante personnes qui se presentent & qui prétendent s'exclure reciproquement, comment décider de la préference ? Cependant de tous ceux qui se disent heritiers du Sieur de Villiers, il n'y en a que trois ou quatre qui attaquent le testament. Les autres donnent les mains à la délivrance du legs universel. Mais ces prétendus heritiers qui contestent, se proposent moins de détruire le legs, que de faire prononcer quelque réduction de ce legs en leur faveur.

La succession du Sieur de Villiers n'est point une de ces successions qu'un legs universel épuise. Le Sieur de Villiers tenoit son bien de ses Ancêtres ; ainsi ceux qui seront ses heritiers auront les reserves coutumieres qui montent à plus de 150000 l. Enfin l'indigence extrême qui a quelque fois fait donner quelque legere pension viagere, comme dans l'espece de l'Arrêt du 14 Février 1696, dont on a parlé, est un moyen qui ne peut convenir à aucune des Parties qui se presentent. Celui d'entr'elles dont l'état semble annoncer moins de fortune, seroit heritier des propres maternels qui sont considerables.

Mᵉ. DE LAVERDY, Avocat.

De l'Imprimerie de PAULUS-DU-MESNIL, Imprimeur-Libraire, Grand'Salle du Palais, au Lion d'or, & ruë Ste. Croix en la Cité, 1738.

Testam͡t du Marq. de S.
pour devellir l'enfance des peres de la
charité   Suggestios